박재견 시집 2

박재견 시집 2

사랑은 하나입니다

neoimage
네오이마주

목차

제1장_ 사랑의 시작

제2장_ 그리움

제3장_ 사랑

제4장_ 이별

프롤로그

시를 쓰고 있을 때가 가장 행복하다.

기쁠 때, 슬플 때, 날씨가 맑을 때, 흐릴 때, 또 예쁜 것을 볼 때면 글을 쓰고 싶어진다. 신께서 내게 주신 아주 훌륭한 재능이라고 생각한다. 예전에는 내가 행복하게 살 수 있는 최소한의 의미를 글 쓰는 거라 생각했는데, 이제는 내 삶의 일부이며 목적이 되어버렸다.

나는 사랑을 주제로 시를 쓴다.

톨스토이의 단편소설 '사람은 무엇으로 사는가'에서 신이 미카엘에게 낸 숙제의 정답은 '사랑'이다. 결국 사람을 행복하게도 불행하게도 만드는 건 모두 사랑과 그 연관성이 있다. '사랑'이야말로 우리가 살아가는 의미이고 목적이기에 이 순간에도 나는 '사랑'을 주제로 시를 쓴다.

매일 자유로를 달리며 출퇴근하면서 아름다운 강 안개와 한강의 풍경을 보며 세상을 살아가는 이유를 배운다. 가끔 길이 너무 밀리는 주말에는 한강으로 들어가 걸으면서 풍경을 감상하거나 벤치에 앉아 시를 쓰기도 한다. 이렇게 자유로변 한강은 내게 삶의 무게를 이겨 내게 하는 치유의 쉼터같은 곳이다.

우리의 인생에도 누구나에게 치유의 쉼터가 있으면 좋겠다. 내가 쓴 보잘 것 없는 시들이 사람들의 정신을 맑게 해주는 쉼터가 되었으면 하는 바램을 가져본다.

2015. 12.

박 재 견

제1장

사랑의 시작

강이 산에 잠기고,
들이 잠기고
그 사람의 가슴에 내가 잠긴다.

길

그 길 따라 갈 수만 있다면
그대의 품으로 가리

기억 속 내 어머니의 자궁같은
편안함이 있는 곳

그 곳엔 아직 그대와의 탯줄이
연결되어 있기를

사랑의 동맥과 정맥이 있어서
서로의 감성이 교통하고

가능하면 영혼마저 교환할 수
있기를 바란다

이른 아침에 부지런한 감성이
길을 나선다.

그대를 옆에 두고

강에 산이 잠기고, 들이 잠기고
그 사람의 가슴에 내가 잠긴다
그대를 옆에 두고 닿지 않는
이 맘을 강물에 띄워 보낸다.
강물은 시작도 끝도 없고
앞, 뒤 구분 없이 넓은 맘 펼쳐서
사랑을 받아들이는데,
앞의 진한 커피 향도 모르는
그대가 원망스럽다.

오늘이 있기 위해 불면의 밤을
보낸 수고가 허사가 된다 해도
어차피 그리워할 인연이었기에
살아있음이 난 행복하다.
맑은 날 눈시울 붉어지며 그대를
그리워하는 것도
비내리는 창에서 목 빼고 그대를
기다리는 것도
그대를 옆에 두고 찾아다니는
수고로움도 모두가 사랑이다.

행복한 날

온 종일
그대와 걷고, 얘기하고,
웃고, 밥도 먹었습니다

함께 할
뭔가를 찾아 즐겁게
실행에 옮겼습니다

한 공간에서
같은 공기로 호흡하며
먼지마저 공유했습니다

두 손을 꼭 잡고
서로의 체온을 느끼며
안부를 걱정했습니다

마음으로 안고
심장 뛰는 숫자를 세며
설레임을 확인했습니다

뜨거운 입맞춤으로
서로의 사랑을 얘기한
행복한 날이었습니다.

그대를 옆에 두고⑵

바다가 태양을 품어
은빛 은하수를 잉태하고
그대가 나를 품어
작은 희망을 낳는다

사랑은 그대를 곁에 두고도
찾아 헤매는 안타까운
마음이고

행복은
안타까운 마음을
끝까지 잃지 않는 것이다

들어왔다 나가는
바닷물은 나를 애타게 하는
그대의 마음이지만

변함없이 어루만지는
그 손길이 있기에
소리마저 아름답다

어둠이 별빛을 품어
새로운 하루를 잉태하고
내가 그대를 은혜해
우리의 역사를 낳는다

이제는
그대 숨소리만으로도
행복과 근심이 보이고

보내온
그 미소만으로도
가슴은 설레임에 겹다

기다림이
아름다운 그리움으로
나를 새롭게 복제한 날에

우리에게
찾아올 그때를 생각하며
그대에게 바람을 전한다.

소나기

꼭 내가 소풍가는
날에만 내린다

꼭 내가 우산없이
걸을 때만 내린다

꼭 내가 새 양복
입은 날만 내린다

삶이란 이런 것이다

너무 행복하면 슬쩍
제동을 거는 것이다

너무 행복한 어제가
오늘의 아쉬움으로

내일에 대한 희망이
불투명한 미래로

하지만 뜨거운 여름날
메마른 대지에 내리는

어느 중년의 나이에
말라가는 감성에 내리는

소나기가 있어서 삶은
살아갈만한 이유가 있다.

강릉 가는길

강릉 가는길
바다를 사랑하러 가는길
파란 마음에 하얀 그리움이 보인다

쉴 새 없이 오가며 온몸으로
던지는 사랑고백에 나를 허문다

서울이라는 낯선 곳에서
각종 채널을 통해 그대에게 글을 띄워
안부를 묻는 게 고작인 소심한 사랑에
전부를 거는 그대가 부럽다

너무 사랑하면 슬퍼진다
마음을 비우지 못하기에 그 슬픔이
고스란히 나에게 전달되어 새벽잠을 설친다

나도 그대를 사랑하기에
새벽의 고요함을 그대에게 바친다
그대를 그리는 고요한 마음이
내 안에 있으나 내 것이 아님을 고백한다

그대 속에 숱한 사연을 품은
전설의 새벽이 수장되어 있음을 안다
그렇게 또 하나의 전설이 되려고 나는 간다.

여행

어디로 떠나고 싶을 때가 있다
나도 나를 모르는 곳으로 가고 싶다
그 곳엔 나를 아는 이들도 없고
내가 누군가에게 안부를 전할 인터넷도,
기지국도, 우체통도 없을 것이다
지금이라도 갈 수 있다면 좋겠다
가급적 오랜 시간이 걸리는 곳이면 좋겠다
한 발을 들고 깽깽이 걸음으로 간다면
두 발 걸음보다 더 걸릴 것 같다
여행이란 이런 것이다
자려고 이불속에 몸을 묻었다가도
주섬주섬 옷을 입고 나서면 그뿐…
왜 가는지? 언제 올지? 기약도 없이
내 맘에서 내가 나가는 것이다

그대에게 여행을 가고 싶다
이 새벽 어리석음으로 그대를 기다리다
내가 지쳐 쓰러지기 전 가는 것이다
이것도 여행이다, 그대 맘으로 들어가는 것
좋아할지, 싫어할지 별로 중요치 않다
내가 좋으면 그뿐…
한 발을 들고 깽깽이 걸음으로 나는 간다
오래 걸려 더디게 돌아오련다.

고백(그네)

소년은 앞으로

소녀는 뒤로

스치는 75분의 1초

수줍은 소년, 새침한 소녀

허공을 가르는 기다림의 세월

난, 내 맘은 기다릴 수 있으나

소녀에게 전할 꽃이 시들까

땀에 젖는 소년의 두 손가락

소년은 뒤로

소녀는 앞으로

그 맘 모르는 소녀는

그 맘 전하려는 소년에게

꽃의 주인을 우정으로 물어오고

고백을 잃어버린 꽃은 시들어간다

소녀는

영원히 만날 수 없음을 아는지…

설레임

그대를 만난다는게
그대를 만진다는게
그대가 세상에 있다는게
그대가 내곁에 있다는게

나를 설레게 합니다

어린시절 대청마루에 누워
밤하늘의 쏟아지는 은하수를 보며
그리던 이성친구의 얼굴

그러다 떨어지는 별똥에게
소원을 빌던 설레임이 오늘밤
그대 얼굴에 묻어 있습니다

사랑합니다, 설레임을
은혜합니다, 설레임을

뒤돌아가는 그대 어깨의 그늘 속에
저에 대한 사랑이 보입니다
내일 또 만날 기대에 설레임이 배어 있음이 보입니다.

지금 한강에는

지금 한강에는
기다림의 바람이 분다

잔잔하게 출렁이는
강물 아래로 세차게 그리움이
소용돌이 치고 있음을 바람은 모르리라

그 옛날에 누군가는
살 같이 지나는 세월을 갈대에 묶기도 하고
더디게 가는 시간을 빨리 보내려고 바람에 맡겨
강물에 띄우기도 했으리라

그때 자연이 만들어낸 돌계단에 앉아
오지 않을 사람을 고집으로 기다리다
백발이 되어버린 그가

오늘 벤치에 앉아 오지 않을 사람을
기다리는 내게 용기의 감성을 바람에게
실어 보낸다

애절한 사랑의 노래는 과거에서 현실로
회귀해 하늘에서 눈물과 함께 떨어지고
사랑에 얼어붙은 나도 그처럼 서서히
백발이 되어가리.

그대는 누구입니까?

그대는 누구입니까?
물어도 불러도
대답할 수 없는 그대는
내 안의 동심입니다

그대는 누구입니까?
보기도 생각해도
보일 수 없는 그대는
내 안의 설레임입니다

처음엔 가벼운 산책으로
시작했는데 그 후 침묵으로
뒷모습을 지켜보는 마음의
노동을 하게 되고

처음엔 기다림의 여유가
있었는데 잠시 후 보고파서
내 마음이 먼저 마중을 나가는
부지런을 떨기도 합니다

아, 그대여~
내 맘을 흩어놓는 사람이여
아쉬움에 그리움에 우울해지는
그대는 누구입니까?

터널을 지나며

어두운 터널을 내 마음이 달린다
깊게 밟는 악셀레이터에 그리움을 싣고
아이보리빛 세상을 향해 끝없이 추락한다.
그대가 후~ 하고 내 몸을 산산조각 냈고
홀씨처럼 세상을 떠도는 난 아직 터널에서
사랑이라는 이름을 찾고 있다
터널 끝의 스크린에 보일듯 말듯 새겨지는
이름 석자로 내 얼굴에 미소가 번진다.

아직은 사랑이라 말해주지 못할 때
터널을 지난다는 것이 두렵고 힘겨웠는데
사랑할 수 있을 것 같다는 그대의 말이
우리 종착역의 희망을 갖게 한다
내게는 낯설던 오후~ 삼삼오오 헤엄치듯
활보하는 그들 틈에서 나를 찾지 못했던 날들이
항상 차분한 음성에서 살짝 떨림을 발견하고
이내 웃음짓는 오늘이 행복하다.

그대를 기다리며

바람에 날리는 나뭇잎의 흔들림에서
그 사람의 숨소리가 들려옵니다
파랗던 하늘이 그리움에 탈색되어
회색빛의 기다림을 생산해내고
아이를 잉태하는 경건함으로 오시는
그대를 내가 품어봅니다
뒷모습에도 살포시 미소짓는 나,
나에게 오시려 분주히 움직이는 그대.
문득 사는 게 행복이라는 생각 속에
그대가 있음을 봅니다.

만날 시간이 가까워지면서 바람은
잦아들고 심장 박동수는 빨라집니다
어느새 추스리지 못한 내 감성이
먼저 그대를 마중나갑니다.

을왕리에서

해질녘의 을왕리는 그리움이
베어 있다
기다림…
오지 않는 사람을 기다리는 것도
닿지 않는 마음을 기다리는 것도
듣고 싶은 말을 기다리는 것도
사랑이리라
썰물에 사랑이 빠져나간 배는
마음의 바닥을 드러낸 채 그이를
기다리고,
형형색색의 수많은 네온사인도
외로움에 사랑을 유도한다.

그대는…

바다 바람에도 생각이 복잡한지

그 밤처럼 나를 허락하지 않는다

발 맞춰 백사장을 걷는 것도

파도 소리를 함께 듣는 것도

살짝 옷소매를 붙드는 것도

사랑이리라

어설프게 조개구이를 구우며

멋지게 보이고 싶은 나에게

눈치채고 아름다운 미소로 답하는

을왕리에는 사랑이 서려있다.

손톱

내 손끝에 그대가 보인다
얇고 투명한 아크릴이 조금씩
내 마음을 뚫고 나온다
커피잔을 들다가 무심코 쳐다본
그 곳에 사랑이 자라고 있었다
마주한 그녀의 미소와 따뜻한
체온을 느낄 때 더 빠르게 자란다

은빛 비늘이 덮여 있는 강을 보며
살며시 손잡던 그날에
사랑이 전이되어 나는 손톱을
키우기 시작했다
시간의 흐름 속에 무뎌진 사랑을
자를 때마다 무감각인 게 싫었다
내 사랑은 작은 자극에도 아팠으면 싶다
손톱 밑에 작은 가시가 박혀서
아파하던 그때처럼.

길(밀리는 도로)

도무지 이 길은 끝이 보이질 않는다
썰어놓은 김밥처럼 토막난 차들이 그리운
사람에게로 선택되어진다.
그녀는 김밥을 앞쪽부터 차례대로 먹고,
나는 순서에 상관없이 먹는다.
그녀는 오래된 사람을 좋아하고, 나는 사랑하는
사람을 선택한다.
늘어선 차들 위로 각각의 사연을 적은
풍선 도움말이 보인다.
행복한 사연도 있고, 우울한 사연도 있고,
한참 사랑에 빠진 사연도 있다.
조급한 마음이 운전하는 차는 대열에서
이탈하려고 삐져나오고, 누군가에게 선택
되어져 입 속으로 사라져간다.
우리 모두는 그렇게 사라져 갈 것이다
그녀는 김밥을 앞쪽부터 차례대로 먹고,
나는 순서에 상관없이 먹는다.
그녀가 나처럼 순서에 상관없이 김밥을
먹었으면 좋겠다.

제2장

그리움

커피 한 잔, 소주 한 잔 마주놓고
웃어줄 누구 없는 검은 밤에
하얀 그리움으로 피곤함을 잊습니다.

문득

문득 머릿속 상념들을 줄 세웁니다
역시 맨 앞줄에 그대가 보입니다
밤새 작업하는 중에도 등을 스치는 떨림에
그리움의 시간을 가져봅니다

곤히 잠들어 있을 육체, 나를 찾고 있을 영혼…
아직 잠들지 않았기에 만날 수 없는 時空에
오늘도 미안해 합니다

문득 기억 속 추억들을 줄 세웁니다
역시 맨 앞줄에 그대가 보입니다

나를 주고도 또 줄 것을 찾는 부족함이 있기에
행복할 수 있는 시간을 가져봅니다

한 달도, 일 년도, 십 년도 하룻밤 풋사랑으로…
신선함이 심장을 타고 마지막 사랑으로 향하는
오늘도 행복해 합니다.

자유연상

무의식 속 잠결에서도
여성의 알몸을 끝없이 그려낸다
'남자'라 정의되어진 세계에서
그렇게 살아가고 있기에
태양이 별을 밀어내듯 누군가는
다른 이를 밀어내고 새로운 나체들로
나의 뇌를 채워간다

뒤엉켜진 여성의 나체들과 생각들…
자세히 보면 '그대'라는 하나의 알몸과
생각들로 가득하다

밤새 고통스런 잉태의 과정으로
지옥에서 연옥을 거쳐 천국의 문 앞에
도착했을 때 반겨준 그대여
나의 베아트리체~
뇌에서 생산하는 자유연상으로 내 입은
온통 그대와 연관된 것들만을 쏟아 낸다.

이 밤

술집 마당에 비는 내리고
서럽도록 그리운 그대 생각에
내 마음에도 비가 내리네

빠알간
번개탄에 올린 조개들이
불의 따뜻한 사랑에 입이 열리고
내 사무친 그리움에 그대 맘 열리네

노오란
조개 속살이 탄불에 익어가고
오늘을 있게 한 신의 따뜻한 배려에
내 사랑도 현명하게 익어가리

타닥타닥
차 지붕위로 비가 내리고
잠든 그를 깨워서 님께 가자 조르는
지금도 술집 주차장에 비가 내리네

해바라기

그대를 기다립니다

내 심장이 속삭이던 두근거림의
언어를 잊으셨나요?

전생에서 가슴에 안고 그대 귓가에
들려주던 사랑의 박동소리에
지금도 그대를 기다립니다

아홉 낮 아홉 밤을 선 채로 사랑을
애원하다 발이 땅에 박혀버렸어도
그대만 온전히 볼 수 있음에
지금도 그대를 그립니다

어느 여름날 눈부신 아름다움에
눈이 멀고 심장이 눈 뜨는 날
그대에게서 움직일 수 없는 운명에
지금도 그대를 사랑합니다.

어느 소녀의 사랑이야기

'내 인생에 반은 그대에게 있어요
그 나머지도 나의 것은 아니죠
그대를 그대를 그리워하며 살아야 하니까'

내게 불후의 명곡이란
오십을 바라보는 나이에도
아이들과 함께 보던 음악프로에서
흘러나오는 음악에 까까머리 중학시절
그 소녀가 생각나 조용히 밖으로 나와
밤하늘을 올려다 보게 하는 잔잔함이다

오늘 난
내 안의 또 다른 나에게 질문을 던진다
그 소녀를 기억하느냐고?
이성으로는 잊었으나 감성으로는 영원할거라고… 난 대답한다

얼굴도,

머리 스타일도, 체격조차 기억에 없지만

몸 속 깊이 스며 있는 소녀의 잔상에

음악이 떠오를 때면 가볍게 몸이 떨린다

내 아이들도

나처럼 아름다운 추억을 갖게 되기를

간절히 바란다.

내 안의 그녀

내 안에 그녀가 있다 하여
내 것입니까?
그녀를 품고 있다 하여 내가
그녀의 것입니까?
우매한 질문을 던져봅니다.

우리는 누구를 소유할 수도
소유 당할 수도 없는
그리움의 대상이자 그리워하는
주체입니다.

깊은 밤
황량한 사막 한 가운데 서있는
내가 보인다면 그건 그대입니다
기억하는 제 실체의 끝을 놓지
않으려 무던히도 애쓰시는 그대
환영입니다.

그날은 시간이 거꾸로 가기를
또는 모든 게 멈추고 그대와 나만
깨어있기를 소망했습니다
이 세상의 모든 게 우리를 위해서만
존재하기를 바랬습니다.

그대여
내 안에 있으나 내 것이 아닙니다
그대 안에 있으나 그대 것도 아닙니다
그저 서로이고 싶은 그리움입니다.

푸르른 날

끝없이 펼쳐진
가을 창공에 누군가의
얼굴을 그려본다

엄마, 아빠, 친구, 연인…
누구를 그려도
허기가 차지 않음은 너무 푸르른 날씨 탓일게다

개천 돌계단에 외로이
앉은 잠자리의 몸짓에서
나를 떠난 사람을 떠올리며

그가 계신 곳에도
같은 하늘이 있을거란
기대에 허기진 편지를 띄운다

오늘처럼 하늘이
구름을 외면하고 푸르름으로
외도할 때 그도 어딘가에서
슬픔으로 눈물을 흘리리라

하지만 푸르른 날
내가 그의 곁에서 위로할 수
없음에 오늘이 눈부시다.

가로등

이 시간에 벌써 어둠이 짙게 깔리고 줄지어
가로등이 켜집니다.
제가 기대어 앉은 벤치에서 정면으로 보이는 검은 푸른빛 하늘과
곁에 있으면 좋겠다고 수만 번 머릿속으로 되뇌는 그대가 볼 수
있도록 내 마음에 가로등이 켜집니다.
하늘의 가로등이 텔레파시 발신기면 좋겠다는 생각을 해봅니다.
이 복잡하고 미묘한 그러나 사랑이라는 단어로 귀결되는 단조로운
내 감정들을 모아서 그대에게 보내고만 싶습니다.

집으로 선뜻 귀가하지 못하는 내 하루를 가로등 불빛에 비추어보니
그 안에 그대가 보입니다.
얼굴은 보았으나 사랑의 눈빛을 전하지 못했고,
얘기는 나누었으나 음성이 따뜻하게 그대를 안아주지 못했고,
마음은 있었으나 사랑한단 얘기조차 못했기에 놓지 못하는
그대가 내 안에 그대로 존재합니다.

어둠이 짙어가고 가로등 불빛은 더욱 빛나고 집으로 향하는
사람들의 발걸음이 아쉬운 제 하루를 꾹꾹 밟고 갑니다.
그들은 자신의 하루에 만족하고 가기에 가벼운 발걸음을 제게 남깁니다
그러나 아직 움직이지 못하는 나는 오늘따라 그대가 무척 그립습니다.

그리움

수많은 발걸음들이 마음을 밟고 갑니다
제 사랑은 그렇게 지옥의 끝자락에서
고개를 들지도 못한 채 숨죽이고 있습니다
사랑은 사랑이라 말을 할 때 달콤한 향기가
난다는 걸 그대는 아시는지요?
우린 태어날 때부터 부재였던 사람들이기에
오늘 그대가 곁에 없어도 참을 수 있습니다
각자 보았던 저녁노을의 감동이 같기를 소망할 때
내 속에 자리하였고, 사랑이란 불변의 이름을
갖게 되었습니다.
어딘가 그대가 계신 곳에도 같은 바람이
불기를 바래봅니다
그 뺨을 스친 바람, 귓가에 속삭인 바람이
저를 스친다면 알아볼 수 있을 거란 기대감에
벤치를 그리움으로 달굽니다.

비와 기다림

21시 늦은 퇴근길
자유로가 온통 비에 잠긴다
우울한 내가 태풍에게 부탁했다

그 사람은 바람이 싫다고 했다
비는 더 싫다고 했다, 왜냐고 물으니
비가 오면 지렁이가 나와서 싫단다

내 맘 몰라주니 심술이 났다
그냥은 못 넘어가고 소심한 복수라도
해야 내가 잠을 이룰 것 같다.

그래서 비를 불렀나보다
내일 아침에는 잠을 설친 지렁이가
마음 비우고 그 사람을 기다리겠지

어른도 지렁이가 무서울까?
지렁이가 아니라 오지 않는 그 무엇을
기다리는 게 더 무서울 것이다

누군가를 사랑하는 것만큼
기다리는 게 고통스럽다는 것을
지렁이의 몸짓에서 알 수 있다

삶이란 때론 의도하지 않은
기다림 속에 놓일 때도 있고
누군가를 그 기다림 속에 두기도 한다.

그대에게 갑니다

나 그리운 그대 맘으로 갑니다
운전대를 잡고 엑셀레이터를 밟고
상쾌하게 달립니다
토요일 저녁인데도 도로는 내 맘을
아는지 허전합니다
그리움으로 교신을 하고 능청스런
음성으로 그리움을 숨깁니다
그대는 원래 무덤덤한 음성이고
나는 별로 개의치 않습니다
비가 왔는지, 누군가의 눈물인지
도로는 젖어 있고 바람을 타고
그 위를 날아서 갑니다.

점점 그대가 가까워지고 전화기
음성이 크게 들리기 시작합니다
어차피 만나지 않을 것을 알면서도
그대 음성이 커질수록 맘은 설레어
오고 그리움은 짙어옵니다
마안합니다…
그래도 행복합니다…
만나러 갈 그대가 있다는 게 너무
행복합니다
설사 그대 향기만 보고 돌아서서
돌아오게 되어도 그것이 제 사랑입니다.

벽난로

이른 아침 예고없이 비가 내린다
누구나 비가 내릴 줄 알고 있었다
나만 모른 체…
철문을 튕겨 피부에 닿는 찬 기운이
혈관 속을 깊이 파고든다
꼭 가슴을 파고드는 그녀의 빨간
콧날끝 같다

벽난로가 보인다

그리움을 안은 나무들이 차곡차곡
불 위에 앉아 추억을 사른다
밤새 나를 괴롭혔던 그리움의
정체가 나임을 알았을 때 불 속에
던질 수밖에 없었던 기억이 거기에
자리하고 있다

그녀가 보인다

나를 사랑한다 말하지만 육체는
다른 이에게 던져진 고단함에 영혼을
추스르려 내 기억에 넣는다
기억은 불살라지고 재가 되어 날려도
추억으로 환생하여 영생을 얻는다

내 안의 내가 보인다
악몽으로 새벽잠을 설친다
내 안의 또 다른 나를 기억해내지
못하는 슬픔에 몸서리친다
깊은 숨소리, 심하게 코 고는 소리에
돌아보니 낯선 이의 육체가 나를 감싸고
옥죄어 온다

내가 보인다, 벽난로가 보인다
타들어가는 기억이 보이고
재가 되어가는 내 영혼이 보인다
이제 가볍게 부양하고, 날려 벽난로를
벗어나고 싶다
그을림으로 내 인생의 족적은 충분하니
보이지 않는 연기처럼 자유롭고 싶다.

피곤한 날

하필 피곤에 찌든 날
내 감성은 늘 흔들어 놓는다
가파른 99계단은 아래에서
쳐다보는 피곤함에 희망도 없다

아침에 전해오는 이 세상
동료들의 화이팅도 내 그녀의
우울한 미소와 잠긴 음성보다
못한 것이 힘겨움이다

봄을 시샘하는 때 아닌 추위가
거울에 반사되는 햇살에
어디론가 숨어버린 소심함은
그녀 앞에 내 모습과도 같다
당당하게 요구하지 못하고
주는데만 익숙한 로맨티스트의
심로에 그래도 웃음 짓는다

하루는 오십의 나이처럼 힘겹게
등을 타고 내려와 쉬고 싶다하는데
뒷모습의 그녀를 두고 오지 못한
내 미련이 오늘을 토닥인다
아~
사랑이여! 인생이여!
피곤한 날에 다니러 온 나의 감성이여~
커피 한 잔, 소주 한 잔 마주놓고
웃어줄 누가 없는 검은 밤에
하얀 그리움으로 피곤함을 잊는다.

한계령

구름이 쉬어 넘고
바람도 잠시 앉았다 가는 곳
하늘과 맞닿은 곳에서 신에게 기도합니다.

언제나 내게는 부족한 그 사람의 미소를
첩첩산중에서도 볼 수 있기를 간절히 기도해봅니다.
떠나올 때 속세의 냄새를 털어내며 그대를 조용히 묻고 왔음에도
산을 스치는 한 줄기 바람에 또다시 나는 떠올립니다.

그대는 까마득한 태고의 역사에 나를 버렸을지도 모릅니다
그 기억에서 헤매고 부서지고 서서히 소멸해 갑니다.
어쩜 내가 아닌 내 속에 계신 그대를 내가 떠나려는 게 아닌가 싶습니다

갑자기 눈물을 품은 구름이
온 세상을 적시고 멀리에 계신 그대의 맘을 적시고 내 영혼을 적시며
그곳에서 나는 꼼짝없이 굳어 버립니다.

그리운 사람에게

내 영혼이 혼탁하게 생각될 때
진정성없는 내 인생이 느껴질 때
가끔 힘들어 합니다
그럴 때마다 어디선가 그대의
손이 제 등을 토닥입니다
그래도 아름답게 사는 거라고

이 아침 세상의 등살에
졸린 눈 부비는데, 그리운 사람의
따스한 손길이 느껴집니다
'오늘 하루도 의미있는 삶'이
되기를 두 손 모아 기도해주는
나의 그대여~
몹시도 그대가 그립습니다

이미 내 속에 그대가 있고
그대 속에 제가 숨쉬고 있는데도
매일 아침 지독한 그리움으로
그대를 찾아가는 제 영혼을 받아주세요
그리고…
가만히 안고 '사랑한다' 말하세요.

그녀에게(공항에서…)

짧은 입맞춤이 끝난 후
무수히 많은 사람들 속에서
그대를 잃었습니다

낯익은 여인의 목소리는
사람들의 발걸음을 재촉하고
날 얼어붙게 만듭니다

이별 또는 만남을 이어주는
이곳에서 그녀를 놓아야 하는
많은 내가 보입니다

며칠은 혹은 몇 년은 그대가
없는 어둠에서 스스로가 밝히는
그리움의 빛으로 살아갈거고

폭풍치는 어둠속에서 가야할 곳이
어딘지를 보여주는 실낱같은
등대 불빛이 되어야 합니다

부디 잊지 마시고 다시 오시기를
뚱뚱한 백인도, 키가 큰 흑인도,
어정쩡한 나도 기원합니다

사랑은 언제나 하나고, 그리움의
실체도 하나이기에 다른 하늘
아래서도 그대를 사랑합니다.

제3장

사랑

지난 밤 일찍 잠들어버린
제 영혼이 밤길을 물어 그대 잠 길에
다니러 갔습니다.

절규

주체할 수 없는 내 속의 세계에서
선과 악이 싸우듯 혹은 삶의 양지에
죽음의 그림자가 드리우듯 두 개의
감정이 치열한 공방전을 벌였다

참으로 극복하기 힘든 외로움이다

사랑과 고독이 동시에 떨림을 만들어
나를 불안케 하고 절망을 생성하는데
그래도 희망의 끈을 붙잡는 내 의지가
치열하게 그대를 설득해 나간다

참으로 회복하기 힘든 소심함이다

상대가 인정하지 않는 고독에 빠진 것처럼
비참한 절규가 또 있을까? 그저
정신병자 취급받는 이웃으로 불릴게
두려워 겉으로 드러내지 못한다

참으로 표현하기 힘든 사랑이다.

사랑의 파도 위에서

뭉크의 작품 '사랑의 파도 위에서'를 관람하고…

귓가에 속삭이는
달콤한 남자의 음성에
그녀의 머릿속은 점점 無로 변해가고

목덜미에 닿는
따뜻한 남자의 입술에
그녀의 머리칼은 사방으로 뻗어 나간다

사랑은 망망대해의
아련한 감동으로 서서히
남자를 휘감으며 새로운 역사를 만들고

도도한 여자의 얼굴에
행복의 오르가즘이 드리울 때 파도가
남자의 가슴을 적신다

지금이 인생에서
마지막 시간으로 남겨진다 해도
영원히 행복할거라 그 표정들이 얘기한다.

염색(사랑에 물들다)

아침 거울에 낯선 사람이 서 있다

잠시 눈 감았다 떴는데 머리에 하얀 서리가
앉은 나를 사랑해 버리고 만다

마음으로도 그렇다
진한 밤색의 커피빛으로 그대에게 다가갔고
갈색의 티 스푼이 마음을 온통 휘 저어 놓았다

추운 사람처럼 마음을 동여매고 타인을 들이지 않던
시절에 내 머리는 짙은 밤색이었고 그대 머리는 갈색이었다

스치고 말면 그뿐인 것을 가을이라 내 머리는 탈색되기 시작했고
푸른빛 하늘을 사랑한 갈색 잠자리는 날개 접는 법을 잊었다

세상은 그렇게 음악 흐르듯 시작된다

그대를 만나는 날, 아침부터 설렘이 깨운다
베토벤 월광소나타 3악장에 맞춰 면도를 하며
'포레스토 아지타로'를 되풀이한다

밤색 수염의 얼굴에 흰색을 덮어 음악이 밀고 나갈 때
우리는 서서히 하나가 되어가며,
피아노 건반 위를 달리는 그의 손가락처럼 내 맘이
그대에게 달려가 푸른 하늘을 물들인다

이미 사랑으로 염색되어진 푸른빛의 하늘을.

그 어느 순간에도

그 어느 순간에도 내가
그대의 맘에 맨 앞줄에 설 수 없다면
얼마나 슬픈 일인가?

그 어느 순간에도 그대가
내 맘에 맨 앞줄에 보이지 않는다면
얼마나 슬픈 일인가?

문득 문득 떠오르는 생각들이
나의 전부를 채운다면 온통
내 머릿속은 그대로 가득할테고

아름아름 쌓이는 그리움이
내 추억의 창고를 채운다면
내 기억에는 그대만 보일텐데

아름다운 그대여~
나를 행복하게도, 우울하게도 하는
어쩜 나를 송두리째 가졌음에도
그걸 알지 못하는 사람이여

그 어느 순간에도
그대를 그대만을 사랑합니다.

사랑을 위한 기도

신이여
저를 순수한 영혼을 가진 이가
되게 하소서
좋아하면 고백하고, 서운하면
투정부리고, 헤어지면 아파하는
어린아이로 평생 살게 하소서

신이여
저를 사랑이 충만한 이가
되게 하소서
슬픈영화에 눈물흘리고, 가난한
자의 고난에 고통을 함께 나누는
여린가슴으로 평생 살게 하소서

신이여
제게 사랑하는 이가 있다면 이런
사랑을 하게 하소서

그리움이 크지만 소리내지 않으며
사랑이 크지만 집착하지 않으며
행복이 크지만 자랑하지 않으며
서로의 사랑에 자신감은 있으나
교만하지 않는 사랑을 하게 하소서.

사랑은 하나입니다

같은 장소에서 같은 시간 때에 불어와 내 뺨을
스치는 바람이 편치 않음은 어제 온 바람이
아닐 거라는 느낌 때문입니다.
어제 나를 어루만지며 스치고 간 그 바람을 난 사랑합니다.
짧은 순간이지만 나를 송두리째 줄 수밖에 없었던 바람을 진심으로
사랑합니다.

약속은 없었어도 이곳에 있으면 올 것 같고
볼 것 같은 바람을 언제나 기다립니다.
그런데 지금 내게 스치는 바람은 어제의 그 바람이 아닙니다.
외로운 마음에 아무리 위장을 해도 그 바람은 하나이기에
나를 안을 수 없습니다.
오늘도 어제처럼 바람이 불어옵니다.
나는 하나의 바람만을 사랑합니다.

그대를 만나면

그대를 만나면
조용히 안고 사랑한다 말하리
메아리 없는 혼자의 독백이라
할지라도 뜨겁게 고백하리

세치 혀끝에 영혼을 실어
그대 귓가에 사랑을 놓으리
지금은 들리지 않고, 가슴에
담기지 않아도 난 괜찮네

세월이 흐른 뒤
그대 맘 허전하고 그대 몸
자유로울 때 꺼낼 수 있도록
긴 사랑을 놓아두리라

사랑은 그런 것이다
시간과 공간을 뛰어넘어 늘
그대 곁에 있고 싶어 서성이는
내가 되는 것이다.

사랑이란?

안 보면 눈물나게 보고 싶고
만나면 한없이 외로워지는게
사랑이다

울리지 않는 스마트폰 진동소리,
문자오는소리, 카톡오는소리
그대일까? 휴 우~~
실망하며 크게 심호흡하는 소리

별로 신경쓰지 않겠다는
방금 전 결심도, 강한 다짐도
휴대폰 소리 한 번에 무너지는
경험을 매일 반복하며 산다

오늘처럼 비오고 안개 짙은 날에
먼 산에 내려앉은 구름을 보며
그대의 마음을 생각한다
따뜻하게 감싸던 그 맘이 가끔은
비가 되고, 눈물이 된다

나는 사랑하면 외로워진다
사랑이 깊을수록 외로움도 크다
그럴 때면 심하게 나를 흔든다
여러 번 마음속으로 이별을 하고
내 안의 그대를 찾아본다

그래도 내 속에 오롯이 그대가
있다면 가만히 그대를 안고서
사랑한다 말을 한다.

사랑하면

보고 싶으면 보고 싶다고
안고 싶으면 안고 싶다고
사랑하면 사랑한다고
말하며 살겠습니다.

내가 힘들어 죽겠는데
그대 힘들까 모른 체하며
혼자 눈물 훔치는 일은
하지 않겠습니다.

그대 마음을 미리 헤아려
헤어지려 하기보다는
내 마음을 넓혀서 넉넉히
그대를 담을 수 있도록
노력하는 내가 되겠습니다.

지난밤에 일찍 잠들어버린
제 영혼이 밤길을 물어
그대 잠 길에 다니러 갔습니다.

조용히 잠든 천사의 이마에
약속의 입맞춤을 하고
뿌듯한 기분을 안고 왔습니다

그대여~
내 숨같이 영원한 사랑이여
사랑하니까 사랑한다 말하고
살겠습니다.

그 누구보다도 당신을 사랑합니다

당신은 좁은 내 가슴에
사랑의 심연을 만들고 돌아앉아 계십니다

억지로 얼굴을 돌린다고
마음이 오지 않음을 알기에 더 깊이 빠지렵니다

허우적거리다 깬 짧은 인연에도
그를 잉태하는 내 사랑에 감사를 드리고

그 해 겨울 엄동설한에 새빨간 동백으로
다가온 당신을 그 누구보다도 사랑합니다

그리운데로, 외면당한데로
어금니 꽉 깨물고 지켜야할 사랑이기에

그대의 등에라도 시선을 고정하고 기다리는
지혜를 배우렵니다

기다려서 돌아앉을 수 있다면
흰 머리카락 한올한올 세월을 꼬아

서러움에 외로움에 떠나려는
제 몸을 그대 등에 단단히 묶으렵니다

그대가 다른 이의 등을 본다 해도
저는 그 누구보다도 당신을 사랑합니다.

그녀의 생일

오늘은 가장 의미있는 날
그대의 어머니에게 또
아버지에게 무한한 감사를 드립니다

'행복'이라는 말이
있음을 알게 해주셨고
이 시간 행복에 겨워 눈물을 흘립니다

나,
그대를 알게 되어 세상이
살만한 가치가 있음을 알았고
그대가 곁에 있어 세상에
미련을 갖도록 애착을 주셨습니다

그대,

오늘은 내 그녀의 생일입니다

세상에서.. 우주에서..

사실은 제 맘속에서 가장 사랑하는

그녀에게 오롯이 저를 드립니다

우리는,

언제나 하나의 맘으로 보고,

부비고, 느끼고, 사랑할 것을

우리의 신에게 약속드립니다.

사랑 드로잉

해질녘 하늘에 그대를 그립니다
가녀린 손을, 아름다운 얼굴을,
저를 향한 마음을…

수평선의 끝자락처럼 그대와 제가
맞닿아 있기를 소망하며 생각의
연필로 스케치를 합니다.

선으로 그리는 나의 맘은 동그란
원입니다
시작도 끝도 없는 원… 시작하면
영원히 멈출 수 없는 사랑…

채색없는 사랑에 지는 해가
붉은빛 열정의 색을 칠합니다
그대는 달아 오른 나의 체온을
물이 되어 가만히 보듬어 줍니다.

사랑하는 그대여~~
제 맘에 그대 있고, 그대 맘에
제가 있으니 우리는 하나의
그림 속에 존재합니다.

오늘 가까운 곳의 그대와
깊은 맘으로 사랑의 스케치를
그려냅니다.

그대에게

그대가 그리운 것은
그대가 보고 싶어서가 아니라
안 보면 견딜 수 없기 때문입니다
그대를 사랑하는 것은
그대를 사랑하고 싶어서가 아니라
사랑하지 않고는 살 수 없기 때문입니다

어제
그대가 제게 보내신 외면의 미소에
그대를 잠시 미워하고 싶었으나
그대는 그것조차도 허락하지 않습니다

오늘
그대에게서 멀리 떠나온 이 여정은
그대를 잊기 위해서라기보다는
그대를 떠나오지 않고는 두 발로 서 있을
힘이 남아 있지 않아서입니다

내일
그대를 만나면 불편한 내 심기를
그대에게 전하려 수없이 연습하는데
그대를 만날 생각에 벌써 마음이 설레어
옵니다.

혼자서 그리는 사랑그림

그대 맘 없이 혼자서 그린다고 사랑이 아닌가요?

헤어지면 보이는 뒷모습에 붓을 대고
눈감으면 세상에 하나뿐인 그대 형상을
이 밤도 스케치합니다
평생을 부어오른 그대 다리 주무르며
살겠다고 다짐해도 웃으며 허락않는
사랑에 기다림의 색칠을 합니다

내 맘을 모른다고 사랑이 아닌가요?

하루 종일 몸 아픈 그대로 인해 나는
맘이 너무 아픕니다
밥 먹자고 하는게 밥이 먹고 싶어서가 아니라
그대가 보고 싶다는 뜻인 걸 나도 그대도
새삼 보입니다

그대 맘 헤아리지 못한다고 사랑이
아닌가요?

따뜻한 맘으로 그대 안으며 사랑한다
말을 해도 준비되지 않은 웃음으로
나를 위로해줍니다
내일을 기약하는 태양은 오늘도 힘들게
산을 넘어갑니다.

행복한 장벽

축하해주고 싶었으나
드러내놓고 얘기할 수 없었고
가까이 가고 싶었으나
사람들이 장벽으로 막아섰다

흥겨운 사람들의 노래 속에
표류하는 나룻배같은 불안함과
갈매기 소리조차 삼켜버린
그 섬의 짙은 밤처럼 외로웠다

내가 호흡하고 노래할 때 나오는
숨과 음성은 내 몸속 토혈로
아쉬움과 그리움에 사무친
협주곡으로 방 안을 가득 메웠다

그래도
'그대'라는 또 다른 내가 있기에
행복하게 감당할 수 있었고
아름다운 모습에 장벽이 무너지는
기적을 경험할 수 있었다

오늘 세상에서 가장 아름다운
사람을 볼 수 있었기에 맘 가득한
행복감을 안고 잠이 들 수 있었다.

이 시간에 안 주무시고

한 장의 제 사진을 보며 어린아이처럼
행복해하실 내 사랑이여~~
이 시간에 안 주무시고 당신의 마음에
저를 끝없이 스캔하고 계시나요?
자꾸만 제 마음이 당신에게 읽혀서
저 또한 사진을 꺼내 봅니다.

참, 다행입니다
내게, 당신에게 핸드폰이 있고
그 속에 한 장의 사진이 있다는 게

오늘처럼 한줄기 바람이 어디론가
당신을 모시고 가는 날에는
이 시간에 안 주무시고 당신의 마음을
그리움이 기다려도 될까요?
지나는 바람의 향기에도 뒤척이며
당신 안부를 물어봅니다.

사랑을 넘어, 은혜합니다
내게, 당신에게 서로가 있다는 것을
알게 해준 이 시간에게 고마움을 전합니다.

점심(사랑을 먹다)

그대와 점심을 먹는다는건
그냥 점심만을 먹는게 아닙니다
오늘도 난 그대와 마주앉아서
그대의 음성과 웃음과 몸짓을
반찬으로 심각한 허기를 채웁니다.

그대와 점심을 먹는다는건
그냥 점심만을 먹는게 아닙니다
오늘도 난 그대와 같은 곳을 보며
나의 미래를 그대와 맞추며 그날의
식탁에서 둘만의 식사를 합니다.

우리의 점심은 단순한 식사가
아닙니다.
두 사람의 마음 그 자체가 재료가
되고 찬이 되어 사랑을 키워가는
특별한 의식입니다.

사랑은 서운함이 있어서 행복하다

밥 먹자는 얘기도
커피 마시자는 얘기도
몸은 좀 괜찮으냐는 얘기도
저녁에 뭐 할거냐는 얘기도
사랑하는 사람들에게는
'보고 싶다' '너무 보고 싶다'라는
하나의 의미이다.

말을 하는 사람도, 말을 듣는 사람도
마음은 하나지만 피치 못해
만날 수 없을 때 더 많이 보고 싶은
사람은 서운해진다
하지만 서운함도 잠시 다시 만날
기쁨에 황홀해 한다.

매일 밤마다 그리움과 서러움이
뒤섞여 그대와 수없이 많은 이별을 한다

사랑은 서운함이 있어서 행복하다

어떤 하루

누군가에게
무수히 많은 하루 중의
그 하루가

누군가에게
단 하루뿐인 하루로
기억될 수 있습니다

당신과 함께 보낸
어제가 단 하루뿐인
어떤 하루입니다

돌아오는 길
달빛 뒤에 숨겨진
소심한 미련과

작은 창 틈 사이로
보내온 그대 사랑이
심하게 흔듭니다

사랑합니다
그대와 내가 하나된
그 하루를요.

제4장

이별

그대 사랑하는 맘이 목에 걸려서
가슴까지 가지 못한 채
멈춰 있습니다.

이별(1)

간밤에
시베리아 설원에서 얼어버린
그 마음을 보았네

사랑하면 내가 더 행복하고
미워하면 내가 더 아파하는
일방적인 사랑에서
그대를 미워했네

잠시 떠난
내 마음에 얼음 살이 날아와
심장에 박히는 고통보다

어쩌면 그댈 볼 수 없을 거란
두려움이 내 숨을 몰아세운다

이대로라면
심장이 둘로 쪼개져 버리겠네
하나는 그대가, 다른 하나는 내가

차갑게 얼어버린 두 조각의 사랑
가슴에 품고 지옥이라도 가겠네
어쩜 이런 게 이별일거라 생각했네.

사랑을 가슴에 묻고서

내 사랑을 생각하면 숨이 막혀
심호흡을 하게 됩니다
그대 사랑하는 맘이 목에 걸려서
가슴까지 가지 못한 채 멈춰 있으며
못다 이룬 사랑 탓에 묵직한 육신이
운전해 그곳으로 갑니다.

달리는 차에서 내다보는 세상은
어제나 오늘이나 그럭저럭한데
가슴속에는 세상멍울이 가득해
그대를 묻을 자리가 없습니다.

어제는 사랑으로 가득했던 그곳이
오늘은 그리움으로 뒤덮여 있고
내일은 안타까움의 비가 내릴 겁니다

그렇게 사랑을 가슴에 묻고서 그댄
돌아서고 난 미소로 보냅니다
하지만 그대를 두고 돌아서려는데
내 가슴에 스며든 그대 환영이 나를
놓지 않습니다.

사실은 내가 그대를 붙들고 있는 겁니다
세상에서 그대를 가장 사랑하기에
놓지 않으려는 제 욕심이 돌아서지
못하는 것입니다.

기억으로 사는 것

사랑하는 사람은 기억으로
이별하는 사람은 망각으로 사는 것

잠시 떨어져 있어도
보고픈 통곡이 기억의 멜로디를 만들고
오래전 이별에도
떠오르는 미련이 망각의 다리를 놓는다

사람이 가고 온다 해도 같지 않고
사랑이 반복되어도 모두 다른 것

떠가는 강물의 속삭임도 듣지 못하고
흐르는 구름의 수줍음도 보지 못하며
그저 기억으로만 행복하고 불행한 것

이 밤도 내 기억 속 창고에서 그대라는
보물을 꺼내며 망각을 조롱한다.

바다에서

수평선을 가로질러
은갈치 등 비늘 위로
시름을 실은 배가 간다

전선줄 사이로 보이는
바다. 그 바다 위를 힘차게
헤엄치는 은갈치에
내가 보인다

어디로 가는 것일까?
해저 깊은 곳으로
그 사람의 깊은 곳으로.
받아주지 않는 전설은 그냥
전설로 남는다

우리 삶의 대부분은 흔한
전설이 되어 잊어져간다

한강에서

그대를 품어 사랑을
잉태한 곳도
그대를 버리려 다시
찾은 곳도 한강이다.
내가 사랑할 적엔 꽃도,
나무도, 바람도, 노을도
아름답게 보이더니
이별할 적엔 모두가
억지로 태어나 사는
인생같더라
세상의 모든 이치가
손바닥 하나 크기의
내 맘에 달려있거늘
뭐가 그리도 서운해
그댈 떠나려 하는가?

자연을 사랑하련다
강과 바람과 나무와
하늘과 노을…
한 치의 어김도 없이
변하지 않는 그들의
꾸준함을 사랑한다
사람은, 사랑은 나를
황홀하게 만들기는
하지만 생각이 너무
많다. 그래서 상대방을
너무 복잡하게 만든다
그댈 사랑하지 않아서
떠나려는 게 아니라
너무나 사랑하기 때문에
떠나려는 것이다.

보고 싶은 사람아~~

어쩌면 다시 볼 수 없을지도,
만질 수 없을지도, 사랑할 수
없을지도 모른다는 생각에
지난밤 꿈에 그대를 만나서
사랑을 설득했습니다.

그대가 너무 보고 싶은데
흐르는 강과 애꿎은 하늘만
탓해 봅니다. 사실은 그대를
사랑한 나를 원망하는 거라
생각됩니다.

사랑이 그리워 잠 못 들고
그리움의 하품이 나올 때마다
눈물이 흐릅니다. 소리 내어
통곡도 할 수없는 내 처지가
더 서럽습니다.

보고 싶은 사람을 지척에
두고도 일부러 안 보는 난
사랑할 자격도, 그리워하는
마음도 품으면 안 될 메마른
영혼입니다.

사랑하지 않으려 해도

사랑하지 않으려 해도
사랑할 수밖에 없는 사람이여
마음의 창을 꼭 닫아두세요
행여라도 내 가슴에 비가 내릴 때
불쑥 찾아갈까 걱정됩니다.

후미진 골목길에 버려진
지리멸렬한 내 인생에 희망의
빛으로 다가오면 난 어떡하나요?
갖을 수도 버릴 수도 없는 아픔을
당신과 나누게 될까 염려됩니다.

미워하려고 해도
미워할 수 없는 사람이여
아쉬움의 창을 꼭 닫아두세요
행여라도 사랑했던 추억이
별빛되어 쏟아지면 가슴에
담아둘까 걱정됩니다.

바라볼 수 있었던 행복이
다른 이를 볼 수 없도록 내 맘을
닫아버리면 어떡하나요?
그리워할 수도 잊을 수도 없는
나를 그대가 볼까 염려됩니다.

헤어지려고 해도
헤어질 수 없는 사람이여
약속의 창을 닫아두세요
지난 밤 눈물 쏟고 상처 나며
연습한 이별의 말을 전하지
못할까 걱정됩니다.

다시 볼 수 있다는 기대가
내 사랑의 시간을 멈추게 해서
사랑없이 살면 어떡하나요?
언젠가 메마른 내 마음에 그대
오실 때 사랑 모를까 염려됩니다.

하루를 보내며…

일생에서의 소중한 하루가
오늘도 흘러갑니다.
고맙다는, 보고 싶다는, 사랑한다는
말만 하여도 아쉬울 하루인데
그대에게 투정만을 부리다 아쉬움에
가는 하루를 잠시나마 붙들어 봅니다

그대가 가는 게 세상이 가는 만큼
힘들다는 걸 아시는지요?
아쉬운 눈길 한 번 달라하고 싶으나
배부른 투정으로 비칠까 내 안에 둡니다.
저는 그런 사람입니다, 투정을 부려도
하루를 스쳐 보내는 바람입니다.

내 맘을 보이려고 온 힘을 다해
몸부림쳐도 흔들고만 지나가는 바람,
갈대가 바람의 맘을 알지 못하는 것처럼
그대도 저를 외면해버린 하루입니다.

세상에는 나보다 더 힘들고
가슴 아픈 사람들이 많을 겁니다
죽도록 힘들여도 갈대 잎도 흔들지 못하는
미세한 먼지처럼 살다가는 사람들
그들의 하루도 조용히 흘러갑니다.

밤은 깊어만 가고 나는 아직
하루를 못 보낸 채 하얀 안개꽃과
노오란 프리지아 꽃을 그려봅니다
한 다발의 꽃으로 그대를 안을 수
있었던 시절에는 하루가 더디게 갔는데
이젠 붙들어도 빠르게만 갑니다

놓아 주어야겠지요? 하루를…
더는 내가 힘들어 붙들고 있을 수 없기에
조용히 눈을 감고 소리를 듣습니다
바람이 비켜가는, 그대가 스쳐가는
허전함에 하루를 보내 드립니다.

바람은

바람은 내게 옵니다
그냥 조용히 머물다 갑니다
얼굴을 스치고 등을 타고 가슴에
자신의 흔적을 남기고 갑니다.

오늘도 바람이 옵니다
테이블 위에 커피를 지나
안경을 넘어 내 눈동자를 찌르고
눈물샘을 자극합니다.

기분이 별로네요
태양은 우측뇌를 자극하고
끊긴 듯 불안전해 보이는 교각은
좌측뇌를 건드리고 바람은
눈물을 훔치고 갑니다.

음악이 들려옵니다
정상적인 시절에 들었던 음악이
비정상적인 나를 일깨우고
정상으로 돌아오라고 하는데
무엇이 정상인지도 모릅니다.

바람은 또 내게 옵니다
어제처럼 조용히 머물다 갑니다
기댈 그대의 조용한 어깨가
그리워질 때 그대를 두고 갑니다.

술은 나를 외롭게 하네

누구 한사람 있어서
내게 술 한 잔 사주려나
혈관이 마다해서 안 먹으려 해도
그리움이, 사랑이 자꾸 부추기네

난 술마시면 그리움을
한껏 키우는데 내 사랑은
술 마시면 나를 잠시 내려놓네
예나 지금이나 술은 나를 외롭게 하네

누구 한사람 있어서
나랑 술 동무 해주려나
한 병에 한 잔 마셔도 웃어주던 그
사무치게 그리워 한 잔을 마셔보네

한 잔에도 한 병처럼 취했던 나
한 병에도 한 잔처럼 웃었던 그
이미 세상에선 만날 수 없는 인연에
그때 그 술이 나를 외롭게 하네

누구 한사람 있어서
행복한 술 한 잔 채워주려나
언제나 한 잔이면 족한 그리움이
떨림으로 목 넘길 때 사랑도 넘어가네
그도 떠나고, 그녀도 곁에 없고
나를 지키는 건 애꿎은 술 한 잔
달빛이 몰고 온 그림자 앉혀 놓고
세상시름 마시는 술은 나를 외롭게 하네.

이별(2)

눈물을 담고 흐르는 강이 있고
바람에 흔들리는 나뭇잎이 있고
힘을 잃고 넘어가는 해가 있고
슬픈 음악에 취해버린 내가 있다.

나이가 들어 백발이 된다 해도
세상에서 가장 슬픈 일은 사랑하는
사람과 이별하는 것이다

너무나 사랑하지만 그 마음을
들켜선 안 되고
죽도록 슬프지만 그 모습을
보여선 안 되는 내가 보인다

차라리 만남이 없었다면, 그대를
사랑하지 않았다면, 그날의
행복한 순간이 없었다면 눈물로
추억을 지우는 일은 없었을텐데

따뜻하게 내 손을 잡고, 다정히
팔짱을 끼던 그대의 미소를
내 행복한 기억과 함께 가슴속
한 켠에 묻고 돌아서리라

가을비

내가 자는 동안
밤새 비가 내렸습니다
얼굴은 편해 보였지만
가슴은 무척 저렸습니다
가을비라 그런 것 같습니다
여름의 따뜻함을 품고
겨울의 차가움을 받아들이는
가을비의 마음은 어떨까요?
여름은 여름대로 섭섭하고
겨울은 겨울대로 시기하니
계절이 갈피를 잡지 못합니다.

흐린 날

생각이 흐트러진 날은
내 마음에 신경통이 온다
온 마음이 쑤시고 영혼이
자리를 펴고 드러눕는다
흐린 세상을 흐리멍텅한
마음으로 바라보니 내가
병이 나는 게 당연하다
그대는 어디에 계실까?
그대는 무엇을 하고 계실까?
흐린 날은 그대의 안부가
더욱 궁금해지고 몸에는
저기압 기류가 형성된다.

바람이 심하게 불어오고
먹구름 떼가 여기저기에서
몰려들어 이별의 태풍을
만들고 무수히 많은 눈물을
지상에 뿌려댄다

이별은

나를 위한 게 아니라
그 사람을 위해 내가 감당해야 할
고통스런 수행이다

사랑하는 그대를
놓는 것이 얼마나 아픈 일인지
알기에 우리는 망설인다

그 사랑이 다했음을
마음으로 알았을 때 나를 먼저
생각하는 이기심을 버리고

최대한 행복하고
자신감있는 모습으로 그이 없이
잘살 수 있음을 보여야 한다

이별은 또 하나의 지독한
사랑의 표현이기에 단절이 아니라
새로운 시작이다

하늘을 봅니다

운전대를 잡은 손에
턱을 괴고 하늘을 봅니다
착잡한 마음이 깊은 숨을
만들고 먼 하늘에 그대의
맘이 보입니다

어제는 미안했어요
제 맘 떠나시는 그대를
놓아버린 어리석음에
오늘은 하늘이 희뿌옇게
보입니다

차 창문에 이마를 대고
한숨으로 하늘을 봅니다
아직 그대는 그 자리에
계시는데 제 자존심이 저를
유리창 안에 있게 합니다

오늘도 미안합니다
보이는 그대 잡지 못하고
바라만 보는 어리석음에
내일은 봄에 장마비가
내릴 겁니다.

사랑은 하나입니다

박재견 시집 2

초판 인쇄 2015년 12월 31일
초판 발행 2015년 12월 31일

지은이 박재견

펴낸이 송인태
펴낸곳 네오이마주
출판등록 2005년 9월 5일 제16-3713호
편집 네오이마주(Tel_02-546-0633~4)
표지 및 디자인 Tyler Song
주소 135-889 서울특별시 강남구 도산대로23길 7
전화 02-546-0633~4 **팩스** 02-546-0635 **E-mail** ssong2000@chol.com

이 도서의 국립중앙도서관 출판시도서목록(CIP)은 서지정보유통지원시스템 홈페이지(http://www.nl.go.kr)와 국가자료공동목록시스템(http://www.nl.go.kr/kolisnet)에서 이용하실 수 있습니다.
(CIP제어번호 : CIP2015035772)

ISBN 978-89-963353-6-8 03810